三ノ輪橋まで

山内　豊

文芸社

序にかえて

かつて兄は海軍、私は陸軍に属し、ともに祖国のためと信じて戦い、敗れ去った。
命永らえて戦後の復興に励み、同じ会社に勤めて二十有余年、既に停年を迎え老境に至ったが、昨年秋、最愛の兄の最期をみとることになった。その後亡き兄の書庫を整理するうち、多くの遺稿があることを知った。そして「文学」を糧とせる兄の生きざまを改めて知るに及び、その遺稿を「魂の記録」として残しておくことこそ、私の天命と思い、また兄への報恩のあかしと心得た。ここに一巻を上梓し、墓前に捧げ奉らん。

弟　山内邦夫

平成十三年十月記

目次

［戦後篇］

第一部　三ノ輪橋まで

都電紀行

早稲田より三ノ輪橋まで

一　前説《まえ》

私は生計維持の一助のためと、無聊の際の時間稼ぎの意味で内職手仕事をやっている。小さな電気部品とかボール紙の押型とかビニールの断ち切れとかの小物細工が主な仕事だが、これによって得る金額は知れたものだが、まあそれはそれでよい。

内職仕事というのは昔も今も単純作業が多くてどうしても飽き易い。これは人間の生理として仕方のないことだ。そこで流れ作業の工場などでは作業能率の低下を防ぐために、BGMと称する軽い静かなテンポとメロディーの音楽を流して効果をあげる方法がとられているが、私の内職作業にもこれに似た飽き防止策のひとつとしてラジオを聞いたりしている。

手元が疎《おろそ》かになるのでテレビを視るわけにはゆかず、だからラジオとなるのだが、このラジオでもその内容によってはつい真剣に聞き入ってしまうこともあり、これが手元のミスを生んで〝親方〟から嫌味を言われる因《もと》になるのでなるべく当り障りのない音楽、となるとFM放送が最適という結論になって、内職中にはこのFMの厄介になっていることの多いのが現状である。FMファンから叱られるところだが――。

ある日、例のごとく手を動かしていたらひとつの流行歌の題名をアナウンサーが伝え、歌が流れだした。

題名は『三ノ輪橋より面影橋』と言ったと思う。名前の知らない女性歌手の声でその詞も曲もすぐ忘れてしまったが、都電が三ノ輪橋より面影橋まで行く間の風物、季節などの言葉を散らした地味なフォーク調の曲だったろうか。

私はそれを聞き流しながら、これはどうも流行《はや》りそうもない平凡な曲だなと思ったのだが、ただ都電の三ノ輪橋、面影橋という停留場名から、そこを走る電車の姿、その路線沿いの情景が脳裏に一瞬閃いた。

この都電は現在都の経営する唯一の路面電車であること、半世紀以上も前から現在と同様の路線を走っていることは知っていた。

さらにこの電車には戦争中私が兵隊へ行く前に二、三度乗車した記憶があること、そして戦争が終結し娑婆（兵隊用語で通常社会）へ戻ってから今日に到るまで縁がなくて、まだ一度も乗ったことがないことなどが次々に想い出されてきた。

（そうだ。あの都電に乗ってみよう。乗っておかないともう乗るチャンスは再び訪れてこないかもしれない）

そういう考えが膨らんできた。

あの都電は現在私の住んでいるところからかなり遠方で、その沿線には親戚知人もいないし出かけねばならない用件も持っていないから、乗車の機会はおそらくないだろう。そのうちにもしかするとあの線路も潰され、他の都電と同様に自動車の走る道路に化してしまうかもしれない。

都電がこの都内から消え去ったのは路面上の鉄路しか走行し得ない不便さと、急激に増加した自動車との競合、加うるに道路の拡大整備に伴う経費の膨張などいろいろとあろうが、とにかくこの都会から河川が消失したのと期を同じうして次々と亡びていった。

歌にある三ノ輪橋——面影橋の都電がなくならなかったのはこの路線が自前のもの、近郊電車と同様に踏切さえ持っている独自の路線を確保していたせいだろう。だから莫大な赤字を背負い込んでいない限り急速に消え去ることは勿論なかろうが、私の杞憂は「ともかく早くこの電車に乗ろう、いや乗るべきだ」という考えに増幅して止めどがなくなってきた。

二　早稲田

十一月の中旬、私は内職仕事の切れた日を狙ってこの電車に乗ることにきめた。お天気は良し、風は少々あるが散策にはうってつけの陽気である。

流行歌では『三ノ輪橋より面影橋』だが実際は三ノ輪橋より早稲田間が本当で、早稲田という停留所名がこの電車の折り返し地点であることは戦中の乗車経験で知っていたから、まずJR高田馬場駅より早稲田大学正門前行のバスに乗り込むことにする。

学生バスとかの恩恵で普通は百六十円の料金だがここは百三十円となっている。

時間は午後だったので車内は空いていた。正門前で下車し、実に久し振りにキャンパス内の大隈重信の相変らず達者そうな青銅の立像を左に見て大隈講堂の横手を過ぎ、広い通りに出る。

昔はこんな広い道ではなかったと思うが往事茫々で判然としない。周囲の建物も背が高く立派になった。道を左にとって暫く行くと道路の真ん中に屋根のついた小駅があって、これが早稲田停留場である。路線は複線だから道路を占める空間も広いし、軌道も陽に映えて光り線路に赤錆びなど少しもない。

電車が一両、昔流で言えばチンチン電車が駅に停まって時間待ちをしている。人も大分乗っているようだ。昔より車体は大きく、全体がクリーム色でグリーンと濃緑の線が横に走っている。

私は乗車口近くの路線駅名の順序を書いた系統図を眺めていたが、流行歌にある面影橋はこの次の駅名であることを知って、なぜあの歌詞が早稲田と書かずに面影橋までとしたのかと思った。

それは橋より橋までとした語呂の良さがあるし、面影とやらなにか奥床しくいわくありげな名称を終章としてそれに相応しく書こうとしたのだろうかなどと思いながら、ひとつその面影橋とやらを拝見してみようと思いたって、早稲田停留場をあとに鉄路に沿った道路を歩きだした。

三　面影橋

道路の中央を軌道が走り、右側はフェンスを張った川が流れている。多分神田川でやがてはお茶ノ水駅前の往昔の詩人の言う小赤壁へと続くのだが、あの辺りの川の現状は同駅を利用する人はよく承知のとおり。そしてそこへ流れ行くこのフェンス背後の川も水の汚れはやむを得ない。

面影橋は早稲田停留場より三、四百メートルほど離れた面影橋停留場の傍らのなんら変哲もないコンクリートで仕上げたどこにでもある橋で、その名を書いた黒御影石が表札のように柱に嵌めこんである。橋を渡ると川に沿って桜の若木があまた植えられ、木の成長とともにこの辺もやがて桜の名所となるかも知れない。

オリジン電気という会社が橋の袂に建っていて、その門の左に大きくも小さくもないやや古びた石碑が立ち、

山吹之里

と太字で彫られ、碑前には右手を頬に当て眠っているかのように胡座された仏像が一体いらっしゃる。

文字を書いた人名も彫った人名もなく、太文字の石に丙寅歳《ひのえとら》、左に十一月六日とあり、また太文字の肩の辺り、右に「丸に割菱」左に「木瓜《もっこう》」かと思われる紋が彫られて、それがこの碑に名も録さぬ寄進者の家紋かもしれない。そうとすればなかなか粋な所業だ。背部は門が邪魔して回れないが、削り出しのままの粗い肌だ。

丙寅歳の上方、年号が記入されている部分は誰の悪戯か削り取られて判読出来ない。しかし私は幸いに懐中の手帖に歴史年表を挿んであったのでそれを繰ってみると、干支《えと》は六十年毎にひと回りするから手近なところでは慶応二年（一八六六年）の丙寅、次が大正十五年、その次は昭和六十一年。そこで私は碑の縁《ふち》の欠け具合やら文字、紋の鮮明度から判断して大正末年の丙寅ではないかと思うのだが、これは当てずっぽうであるからさらに遡って慶応になるかもしれない。つまり有体《ありてい》に言えば判らない。

そこで今度は面影橋の由来になってくるのだが、その来歴に関する説明板がどこにも見当らない以上、これは私の勝手な空想の部類に入ってくる。

山吹之里と言えばこれは中年以上の紳士淑女どなたも承知のとおり、太田道灌と山吹一枝を差し出す賤が家の少女とのやりとり、古歌の「七重八重花は咲けども山吹の実のひとつだになきぞかなしき」のあの場面が想起され、あれはこの辺りの里の出来事であったのかとうなずくのだが、山吹伝説はここばかりではなく、例えばこの川の下流に当る筈の牛込山吹町など絡んできたところで不思議ではない。

しかし、そんな地名や場所の詮索よりもこの少女とはさる卑しからざる落人の裔《すえ》でやがて道灌との間にロマンスが生じ、それが不幸に終ってこの少女はおのが身を水面に映して入水《じゅすい》した、そのような由来によるものだと空想を逞しうしたほうが橋名も美しく名所的な興趣も増してこよう。勿論空想に花を副《そ》えてこの少女は絶世の美人でなくてはならないことになる。

元来、若い女性が死を選んだ伝説の後世に膾炙《かいしゃ》するところ皆美人となってしまうのは日本人の判官贔屓《びいき》に似た心優しい気質だと私は信じたいが、美人とその反対の人とを確率で調べたらどうでることか。史料には女性の美醜に確実な評言は少ないが現代女性の例をとっても残念ながら美人は多いとは言えない。

だが伝説とは美を生み美を作り、その美がその醜を陶冶《とうや》していく、ということは弱者とかひたむきな者とかの裏側に自己を感じる民衆の心情の昂揚があって、それが歴史そのものの風化と浄化という魔法を駆馳させ、若い女であるがゆえのひたすらな情念に燃えたまごころを美しい現実としてしまう作用がある。

これは後日の話になるのだが、ある日ある用があって多摩図書館近くまで自転車を飛ばし、ついでに館内に立ち寄って分厚い『日本地名大辞典　東京都』とかいう本で面影橋の項を引いてみると、やはりこの近傍の若い美女がおのれの運命を果敢《はか》なんで流れに身を映しつつ入水したとの説、ほか諸説あり。などと書いてあったが、人の考え、みな相似たところがあってくすぐったくなってきた。

四　雑司ケ谷鬼子母神

また前説に出る流行歌に戻るのだが、三ノ輪橋―面影橋の中途で名所旧蹟として名の高いのはこの鬼子母神社と王子の飛鳥山ぐらいなものだから歌詞にも載せたいところだろうが、なにせ一度聞き流してしまっているだけだから、これはレコードかラジオ放送との再会を待つしかない。

鬼子母神停留場は面影橋駅より二つめ、距離としては僅かなところで下車する。駅前の商店街を歩くと、

東京都史蹟欅並木

と銘した石柱があり、なるほど四本の樹齢数百年を閲《けみ》する老樹のほか十五、六本の欅が並木を作って、今は裸だが春ともなればその繊細な枝の尖端に鮮緑の若葉が密生してひとつの景観を為すことだろう。

並木道を過ぎ左に曲がると、すぐ鬼子母神境内となる。正面に青銅の屋根を葺《ふ》いた神堂が見え、境内の入口には無門の仁王が二体おられるのだが、千代紙などが頭から顔から身体までなぜかぺたぺたと貼り付けてあってその尊顔は見られない。

仁王像の左は武芳稲荷社の赤い幟《のぼり》が幾十となく風に翻っている。

仁王像を過ぎやや進むところに駄菓子を売る侘しげな店屋があって、そこに今ではすっ

かり有名になったススキのみみずく人形（あるいは玩具）を売っている。
その人形の話は後回しとして、まず本堂の階を五、六段上ってお賽銭を投じ手を合わせてから周囲を見回す。私の立っているところと奥殿とを遮る格子には絵馬が無数に下がっていて、奥は蠟燭の明かりと金色に光る装飾具とが明滅するように揺らいでいるだけではっきりと見えない。
仰ぐと大きな扁額が掲げられ、花飾りの縁に囲まれて鮮やかに右より左に金文字で、
鬼子母神　佐文山　書
とあるが、失礼ながら書体が少々安っぽい感がしないでもない。
堂を降りた左脇に神堂由来を説明した都教委の立て看が、
都重宝法明寺鬼子母神堂
と彫った石柱と並び、むずかしいことが書いてあるが、要はこの拝殿は宝永八年（一七〇七年）建立とみるが至当だとの意である。
なるほど、その時代のものかと判ったようなそうでもなさそうな顔で境内を左より一巡する。「納臍殿」という小堂があり、これは臍の緒を納めたものだろうか、珍しい堂宇。
また都流茶道某先生の奉納した半ば腐った茶釜、また目方四十貫、五十貫と刻んだ力石も五、六個ある。

本堂を右に回る。眼鼻のやや欠けた二メートル程のこれが鬼子母神かと一見してわかるいかめしい石の女人像が立っている。髪を伸ばしているからそれが女人だとすぐわかるが、肩から足元まで千羽鶴が数珠のように幾重にも掛けられ足元には真新しい花が捧げられてあった。

仏性を得た鬼女への人間界からの情けの回向なのだろう。一人の女性が長い間ていねいにこの像を拝んでいた。

その隣りに一メートル半程の石碑があって、二行にわけた十個の漢字が連なり、正四位山岡鉄太郎　書となっているのだが、書中の、生、山、水、清の字画容易な四文字しか私には読めない。

詩句、または対句とみるべきだろうが、こうした草書体の漢字や変体仮名、ましてや篆隷《てんれい》の字にぶつかると、私は自分の無学無知をいや応なしに嘆ぜざるを得ない。学業の不足とはホントに辛いことだとしみじみ思う。

神堂の真後ろに妙見様が祀ってある。妙見大菩薩の白い旗が二旒《りゅう》立っていて表の神堂同様の銅葺屋根だが、こちらは小ぢんまりとしたものだ。

妙見様は立て看の説明によると、北斗七星を神格化したもので、その多くは亀に乗った天女で図現され眼病平癒に効用ありとなっているが、「納臍殿」同様格子戸で遮断され内部を窺うことは出来ない。

北斗七星と天人と亀と眼病治癒との間にどのような相関があるのか、私にとって三題噺の種以外は理解のほかないのだが、神仏のはからいは凡人の忖度を許さないからこれはこれでよしとしてもらって、しかし、お里澤市の物語にもあるように妙見縁起は庶民にとって妙見さんという親しげな呼び名によって忘れ難い近い存在なのである。私はその妙見さんの所在地を全然知らない。今日のここを除いて——。


ざっとこんなところが鬼子母神の境内風景であるが、さて肝心のススキみみずくの話になるが、このみみずくの形をした人形は江戸時代から伝わっていて世間に知られたのはそんなに古いことではなく、なにかのマスコミ紙に載ったのがきっかけとなって、その素朴な材料と形とが自然のうるおいのない都会人にもてはやされだしたのである。

さきほど書いた佗しげな店屋の、無雑作に箱に入れた三、四個のみみずくは、柄付きの笹の葉の先に長さ十二、三センチ程のススキの穂を上手に編んだというか、まとめたというか、みみずくの形をなしたものに赤い紙で耳を、黒く塗った竹で嘴《くちばし》を、眼はよくわからないが萱の根元を輪切りにして木屑を詰めてそれを瞳としたようなもので、姿かたちが大変可愛い。

私が見入っているといつの間にか若い夫婦らしいカップルが来て、その店の四十がらみの眼鏡をかけた女へ、

「これ、いかほど」と問いかけ、

「千二百円です」と眼鏡が無愛想に答え、

「それじゃひとつ頂戴」と妻君らしい人が財布を取り出し、亭主らしい人がみみずくを受け取ってそれを空にかざす振りをしながら去っていった。

こんな簡単らしい細工物が千円を越すのかと私は呆れ、かつ感心し、そしてやがて納得したが、これを求めるのはまたのことにしようと店を離れた。荷になるのが嫌だったからでもある。

ススキみみずくの売店は境内の外近く、小綺麗な音羽屋と号のついた店でも売っている。しかしそこは最近の店のようで、さきの若夫婦らしい人が買っていった店が技術の伝統を受け継ぐ本家で、音羽屋は懐古趣味の流行に目をつけた便乗商法の店かと思う。

五　投込寺《なげこみでら》

また電車に乗り、王子、尾久を過ぎて終点の三ノ輪橋停留場に到着する。

電車はワンマンカーで前方乗車口で料金を払い、中程が降車口、後部は前部と同じ運転

構造になっていて、この駅に着くと運転手は後部へと歩み、坐ると今度は其処《そこ》が早稲田行の前部運転席となる仕掛けになっている。

駅の案内板に、投込寺は「日光街道南約二百米」と書かれてあったが、私はこの寺の位置を白鬚《しらひげ》橋へ通じる明治通りと日光街道の交差する近くの寺であることをなにかの読物で承知していたし、なによりも私はこの電車に乗る前から投込寺だけは是非拝観したいものと望んでいた。

車の往来の激しい日光街道を横断し、南に歩み常磐線のガードを越すとすぐ小さな空地があり、その奥の突き当りに古びた石の塀があって塀越しに卒塔婆の先端が見え隠れしているので墓地であることがわかる。この古塀に沿ってゆくとこれも古ぼけた山門にぶつかり、浄閑寺とくすぶった門札が打ちつけてある。

傍らに案内板が立ち、

浄閑寺、俗称投込寺。寛文四年（一六六四年）新吉原が開設されて以来この寺に葬られた遊女は二万といわれる。

などと説明されていた。

それが本当ならその年から一応明治の末まで約二百五十年としても、この二万という数は膨大なものだ。一年で八十人の計算だ。その吉原はこの寺からさほど遠くないところに長年月、遊里として不夜城を誇ってきた。

山門を入ると右側に幼稚園、その隣は住職一家らしい家屋が一棟、正面は本堂であるがこれもいささか貧弱な無雑作なもので、賽銭箱の後ろは曇り硝子で締め切られ風に硝子が鳴っているだけの寂莫とした趣きがある。人っ気はない。

本堂の左にコンクリート製の門があり、そこからが塋《えい》墓となっているので、潜るとまず右手に台座に乗った一メートル半程の石碑、行書の「若紫之墓」が眼につく。

若紫（じゃくし?）、このあだな名前はこの寺と縁の深い遊里の女の名前だろうと碑の背に回ってみると、ひら仮名交りの回向文がびっしりと書かれてあって、私の読めるだけの字を拾い順に並べると、

「女子姓は勝田名は能婦（ノブ?）」で「若紫は遊君の号、明治三十一年に新吉原の角海老楼に身を沈め」やがて「楼内一の遊妓」となったが「今年の八月二十四日思はぬ粋客の刃に罹《かか》り、二十二歳を一期として」亡くなったので「その亡骸《なきがら》をこの地に埋め有志」が石を刻み「若紫塚と名づけ永く後世に……」

とあって、明治三十六年十月十一日、七七正当之日《まさにあたる》　佐竹　某（読めない）誌

となっている。

これからすると、このノブさんは十七歳でこの世界に売られたが、才色兼備の資性によ

って角海老と号する吉原随一の大店の売れっ妓《こ》ナンバーワンとなり、おそらく色恋の遺恨であったろう凶刃に倒れて二十二歳の若さで花を散らせてしまったということになる。

まことに短い華やいだ一生で当時の錦絵にもなっただろうが、四十九日に塚を残せたところこれも一生、花なればこそまずもって冥すべしと一礼して塚より去る。

この墓域は一巡してもたいした時間もかからぬ狭隘なもので、道の左右に墓石が群立して隙間もない程だが塋域の右に当たるところに大谷石を台とした、

新吉原総霊塔

が屹立している。

台の大きさは四メートルほどの方形、高さは人頭を越すからその上の塔を含めると六メートルはあるだろう。

正面に古い仏像、台の左右には鉄格子の嵌った通気窓ともいうべきものがある。言ってみれば室《むろ》のような台形をしている。

この塔の前方、道を隔てて永井荷風の詩碑がある。

ちょうど、私が塔前に立ってそれを仰ぐように眺めているとき、六十を越したと思える男一人、女二人が連れだって私の近くに立ち止まり、案内役とも思われる女が、

「この塔の窓から中をごらんなさい。骨壷がいっぱいあるけれど今日は陽も暮れかけてい

るからよく見えないでしょう」と横に回って窓格子に顔を寄せた。

男は小さなリュックサックを背負っていたが、一寸覗《のぞ》く様子を見せ、

「なるほど、なにも見えない」と今度は荷風の詩碑へ足を向け、小声でその詩を読み出した。

案内役の女は、

「荷風は本当はこの寺に葬られたかったらしいのですが、ここには埋められなかったんですよ」と説明した。

もう一人の最も高齢らしい老婆は塔にも詩碑にも興味のない様子で、最初から白けた顔つきで立っているだけだった。

やがて三人は立ち去り墓石の間に見えなくなった。三人が居なくなったので私は改めて塔室《むろ》の鉄の格子から覗きこんだ。

内部は空間になっていて中央に黒っぽく古めかしい石柱（塔？）のようなものが見え、陽の差しこむところだけに骨壺とおぼしい時代色のカメが五、六個見えるのみである。この奥に数千から万の壺があるのだろうか。

カビ臭い匂いはないけれど冷気が中から吹き抜けてくる——（あの世の風か）と私は思った。

内部中央の石柱はおそらく今の慰霊塔の建つ以前の元の供養碑で、これを中心として現在の石室様式に造成していったのではないかと思う。

また正面に戻ると好い言葉にぶつかる。

生まれては
苦界
死しては極楽
浄閑寺
　　　　花酔

と川柳を刻んだ黒御影が大谷石に嵌入されている。まこと遊君の薄倖を言い得た秀句だと感心して今度は向かい合う荷風の碑に眼を移す。

この碑も黒い御影で、

今の世のわかき人々
われにな問ひそ今の世と
また来る時代の芸術を

と始まるかなり長文の横書きで、その終末に、

『震災』

『偏奇館吟草』より

とあった。そして碑には後書として、

明治、大正、昭和三代にわたり詩人、小説家、文明批評家として荷風永井壮吉——の書き出しで、

谷崎潤一郎を初めとする吾等後輩四十二人故人追慕の情に堪へず故人が生前「娼妓の墓乱れ倒れ」(故人が昭和十二年六月二十二日の日記中の言葉)てゐるのを悦んで屡々杖を曳いたこの境内を選び故人ゆかりの品を埋めて荷風碑を建てた

荷風死去四周年の命日

昭和三十八年四月三十日

荷風碑建立委員会

とあり、詩石の奥のつきあたりに黒白の御影石を台に径四十センチ程の円い、ちょうど壺を布で包んだようなデザインの茶と黒まだらの磨き石が安置され、『荷風』と達筆で彫ってある。

彼の遺品とは何であったのか、それは知る由もなく知る必要もないが、一代の文人であるとともに遊蕩児でもあった荷風が遊女のあまた眠る墓域になにがしかの縁を結んだのは荷風にとって幸せなことだったろう。彼の骨は永井一族の眠る雑司ケ谷の墓所に眠ってい

る。

私はまた慰霊塔へ身を向き直し、人一人いない寒々しい秋風に吹かれながら考えるのだが、遊女の墓らしいものは一巡しても先程の若紫の墓以外にひとつもないのにあらためて心付いた。

荷風は大正の大震災後、この寺を訪ね、遊女の墓石が倒壊している様子をはっきりと見たのである。

二万に及ぶ死者の数は二百年を越す長い期間といえども土葬は出来まい。新墓穴を掘るたびに遺骸が出て来ては顔を背《そむ》けざるを得ない。埋葬どころではなかっただろうが強いてそこへ投げ込んだ、だから投込寺のゆえんなのだとは常識として考えにくい。

やはりこの寺附近の森の中などに焼場があって、そこで荼毘に付してこの寺に持ち帰り、勤めていた娼家の持墓近く小さく安価な墓を建ててもらい眠りに就いたのであろう。

それが大正十二年の震災で墓石が倒れ乱雑になったのを機会に墓域を整地し、身寄りのない遺骨を集め（初めて持てただろうちっぽけな〝個室〟に住む多くの女たち）、現在の室《むろ》に移し、その上部に慰霊塔を建ててまとめて供養することになったのだろう。

墓のあったその跡の土地は現在の何々家と書かれた寺の縁者檀家などに分譲されたりして、今ではその石塔で立錐の余地もない有様になっている。

私の墓地への推理は終った。

独善のものとは承知の上である。

陽も翳って暗くなって来た。

もう一度遊女達の霊碑に一礼して私もそろそろ退散しよう。

門を出てさっぱりとした気持で〝浮世〟に戻った。すると門前近くの道路ぎわに荒川教育委員会の建てた看板があり、
音無川《おとなし》は王子で石神井川《しゃくじい》と別れ三の輪橋をくぐり浄閑寺西側に沿ってここから山谷堀をへて隅田川にそそぐ。今は暗渠となっているが昭和の初めまでは灌漑用水として近在の農家に利用された。

との主旨が書かれてあったので、道理で都電三ノ輪橋という名称に肝心の橋が見えないのはどうしたことだろうかとの疑問もこれで氷解した。

音無川もなくなり、橋もなくなり、日光街道は自動車の大群が横行し喧騒をきわめている。浄閑寺がその名のように浄であり閑であることはすでに難しいが、都市化の禍を避けていつまでも捨てられたような寺であってほしいと願うのは、もの好きな一小旅行者の私ひとりだけの希望ではないと信じたい。

六　後説《あと》

前説があるから後説も書いてみようと思ったわけではない。前説と言う言葉自体がふざけ気味だが、これは文章を書く私自身のテレくささから来ているものと許容していただきたい。

紀行文は本来電車が三ノ輪橋に着き、投込寺の見聞を書いたところで完了しているのだが、その草稿をダラダラと書いたりやめたりしているうちに師走となったある日、新聞記事の片隅に新宿の街にも娼妓の墓、しかも情死したそれら男女が祀られているとの文字を読み、私は投込寺に埋められた遊女の運命をすぐ想い出して、それでは新宿の同輩のことも録しておかねばならぬなどとやせた肩に力が入った来た。

従ってこれからの後説は「三ノ輪橋まで」とは全然関係のない一章となるものだが、遊び女《め》という意味で多少は関与するものだろうと、ほんの蛇足として加えておきたいのである。

さてあくる年の正月のある日、私は新宿駅を下車して「タカノ」の前通りから伊勢丹の三丁目交叉点を直行し二丁目の交番手前を左に曲がった。

正面は太宗寺の境内、六地蔵で名高い寺だが、この裏手に当るところが売春防止法が成立するまでの盛り場として夜を彩った遊廓のあった一画で、若かりし紳士諸賢が私同様ここに屯《たむろ》する娘子軍のお世話になった界隈である。

しかしその法令施行後四十年も経っているからこの辺りは雑居ビルありマンションありで、昼だけで言えば遊廓の雰囲気は全くない。

目指す寺は太宗寺裏の寺だが私は場所を知らない。おそらく緑の深いところが寺だろうと探している中にひとつの寺院前に出た。大ガード下から富久町を経由する九段通りに面した成覚寺と銘をうったのがそれである。

元遊廓を太宗寺とで挟んだ形だ。

門を入り本堂前の左手に二つ並んだかなり大きな石碑があり、奥は無縁様を供養した塚、手前は子供合埋碑《ごうまい》となっている。

子供とはこの新宿で飯盛女とか宿場女郎とか軽蔑される言葉で呼ばれた、春を売った女達の総称のことで、なかには四十も過ぎた〃子供〃もいたかもしれない。

私はここで三ノ輪投込寺の新吉原総霊塔をいやが上にも想い出さざるを得なかった。

子供合埋碑は万延元年（一八六〇年）旅籠屋中業が造立したとあるが、合埋とあるからには同業者代表といった意味があったのだろう。

さんざんこき使っておいて供養もないものだが、碑を建てて霊に報いようとする心掛けは買っておきたい。

この碑に到る前、門を入ってすぐ手前左に恋川春町の墓と旭地蔵がある。

旭地蔵は丸いかたちの石、蓮華の模様のいわゆる蓮座の上に杖をもっていらっしゃる。蓮台下の円形の石は、新宿区の立て看によれば、寛政十二年より文化十年まで（一八〇〇より一八一三）に不慮の死を遂げた十八名の男女の仏名が刻まれているとあるので眼を皿のようにして眺めた。

旭地蔵は、俗に泣き地蔵とも書いてある。

不慮の死、即ち情死、そのころ主家には忠、親には孝の儒教精神で統一され、自我とか愛とかは殆んど無視されて格式と伝統と階級差に汲々だった封建の生活のなかで、飯盛りとか宿場女郎とか卑下された賤業に就いていた女とそれと行動を共にしようとした男とが、情死という日常の形式を一気に跳躍しようとする際の苦悩と覚悟の程とはどのように辛いものであったか。まして当時、相対死《あいたいじに》（情死）が犯罪とされていた時代だけにその想いは更に深くなる。

醒めた眼もある。女が始末の悪い莫連《ばくれん》で男が金喰い虫の骨なしでどうにもならず、もののはずみのような心中もあったと。それもあるかも知れない。しかし人間掘り下げていけば醜いもの愚かしいものは所詮自分自身に突き当るものだ。

今はこの蓮座の下に仏となった証《あか》しの戒名で彫られている十八の名は、ぐるりと円い石を巡り刻んであるので場所が狭いため、その全部を読むことが出来ない。

読み易い場所にあるのは、

無染信士
離着信女
念浄信士
離念信女
春随信士
随意信女
還刹信士

等である。但し順不同。さっぱりとした佳い名だと思う。

これら信士信女が手を取り合って心中という業《わざ》をなし遂げたことになる。信士の一人が馬子の権十で信女の一人が鼻ぺちゃのお花であろうと、権十がバクチに負けた借財を払いきれず、お花が淋菌による業病を苦にしたその二つの表向きの理由の結果であろうと、それはこの戒名によってすでに人間の業《ごう》はふっ切れている。

近松の流麗な心中物も、実際は汚れたどろりとした事実を潤色し劇的に昇華させたものだろうが、その近松が支持され得たのは、近松が真実を見抜く眼を持っていたのと同時に、現実の桎梏《しっこく》の外に逃れることを許されぬ民衆の理想への願望がそこにあったからだ。
鼻ぺちゃお花と馬子の権十は底辺社会の宿命を取り払って、まことの世界のあることを信じ、ホンネで〝生きよう〟と死という行為で飛翔したのである。
旭地蔵は泣くことはないのである。

しかし困ったことにどの信士と信女とが一緒に飛躍を為しとげたのか、信士名、信女名が二つ続いて並んでいたりするので右隣の〝人〟か左隣りか次々と並ぶ名のどれとどれを結んで祝福し元気づけてよいのか娑婆世界の我々には解らないのだが、それもまたよしとするか。仏界は融通無碍《むげ》、石の下でもその中でもお互いの交流は続いていることだろう。

それぞれの供養塔に再礼して門を出、駅までの繁華街を歩く。人出は駅に近くなるにつれ多くなる。店先に半旗を掲げたのも数多く見受けられる。私は面影橋の少女や投込寺の若紫その他の遊女や今日の成覚寺の心中者をふくめてさまざまな生と死とを考えていた。
その日は天皇死去の翌日であった。

（一九八九・一・二五）

「隅田川」をめぐって

一九八九年二月十一日の祝日の朝、私は古くさい言葉で言えば不思議な因縁めいた体験を持った。

その始まりというのはこの朝広げた朝日新聞の社会面にもう半年程前になろうか、狭山市で起きた少女誘拐事件の、その少女の骨らしいものがダンボール箱に詰めて被害者宅の玄関前に置かれていたという、常識を破る異常な事態が報道されていた。

今朝の新聞ではその骨が消息を絶ったその家の幼女の遺骨そのものであり、それは自分が犯したのだとの「犯行声明」が犯人?より朝日新聞に寄せられ、その内容についての詳細が大きな見出しで書かれていたのである。

その「犯行声明」についてくだくだと述べるのははしょるとして、それが真相を物語るものであるかどうか、それは骨の断片がすでに送られているので科学的な分析とこの「声明」文との内容比較や、ダンボール箱に関係する特性等についていずれ次第に解明されるであろうが、そうたやすく茶の間での軽い話題にするのははばかられる重くるしいものだ。

私もこの愚文にはこの件についてのヤジ馬的な発言は遠慮したほうが当然の常識と考えるので触れないが、新聞を見て異様な事件の展開に驚いたのだが、新聞を広げていたその時刻から間もないころ、NHK教育テレビで能楽の「隅田川」が始まった。

能楽は他の古典芸能と同様にチンプンカンプン、さっぱり面白くないとの意見が大半を占める世相らしいし、私も流麗に連ねた和漢古文の発声の内容が一知半解で難しいの一語なのだが、私は若かったころ謡《うたい》という「音楽」を少し習ったことがあるので謡による仮面劇「能楽」には興味を持っている。

といってもわざわざ能楽堂へ足を運ぶほどの愛好者でもないので、ときどきの休祭日の大体午前九時ごろから始まる「能楽の時間」はなるべく拝見しようと思いながら雑用にかまけてその全部は見られない。

今朝の「隅田川」は宝生流の名手によるものだが、その筋書は、京都北白川に住む吉田某という家の息子が人買いに拐《かどわ》かされて東国に連れ去られ、隅田川を渡ったところで疲労と心労のため死亡する。人買いは奥州へ逃げてしまったので、川近くの人々がこれを哀れと思い小さな塚を建てて回向をしているとき、都より「物狂い」となって児を探す母親が登場し、船頭より一人の子供の死を教えられ、それが探している我が児の梅若丸であることを知り塚前で悲しみの夜を通しての手向けをする。と我が児の面影が現《うつつ》に見えて抱《いだ》こうとしても抱かれずやがて東の空の白むころ、そこには浅茅《じ》が原のみが残っていたという、多少は能に興味ある人なら知っておられる「狂女物」の名作である。

無骨な男の手ながらシテ役の名人が掌を顔に寄せ、児の不遇を泣く所作は、まことの母親のように私には見えてきて、つい不覚の涙を浮かべたのだが、それはその能楽の内容だけによるのではなくて、その朝、新聞の一面を大きく占めた幼女殺害の犯行を述べた「声明」という前代未聞の事件に心を奪われていた、それがこの能の演技に照応しての涙であったのだろう。

「隅田川」で児を回向する演技と実際に児を奪われた家へ犯行文が送られた、この二つがそれ程の時間差もなく私の眼に入ったというのは単なる偶然である。ＮＨＫの能楽放映は何ヶ月か前から決められていた筈だし、偶然はよく我々の身辺に起る現象でさして珍しいことではなく我々は偶然に囲まれているとさえ言ってもよい。ただ、この「犯行声明」と能楽「隅田川」には私なりの偶然の重なりがまだあるので、それを続けて書いてみたい。

私は三ヶ月程前の前年の十一月、都電に乗って早稲田から三ノ輪橋の終点まで行き、駅近くの「浄閑寺」、吉原の遊女を葬った俗称「投込寺」を見てきた。その寺の墓域には永井荷風の立派な詩碑があるのだが、その碑の前で三人の男女の老人と出会い、その人たちの会話のなかで、

「このお寺に荷風は葬られたかったのですよ」

という案内役らしい老婆の言葉がどうも気になってならなかった。

この墓域を見たのは確実だが、彼が果して己れの死後この寺に埋葬されたいと願ったとまでは書いてない。

考えれば彼がそう言ったとて不思議ではないそれなりの狷《けん》介孤独の人となりではあるが、案内役の老婆の言葉のようにここに埋葬されたいと思ったものかどうか、出来れば調べてみたいものだと思った。

しかし、ただ調べたいといっても彼の日誌『断腸亭日乗』を中心として全集本の膨大な量に及ぶだろうことが想像され、それはシンドイ作業で不精な私の性格では不可能なことは充分考えられた。

やがて年も明けた正月初旬のこと、軽い交通事故に遭った友人を訪ね、年始挨拶かたが

た見舞ったのだが、この友人は古書貸本業を営んでいて、帰路につく私に「土産がわりにこれ読んでみるか」と差し出してくれたのが偶然にも荷風の文庫本中古の四冊だった。『ふらんす物語』『おかめ笹』『つゆのあとさき』『濹東綺譚・ひかげの花』。

私は「投込寺」での一件がまだ頭の中にこびりついていたので荷風とはなにか奇縁めいたものを感じ、「じゃあ遠慮なく――」とありがたく頂いて帰宅した。

私は家へ戻るとすぐ『濹東綺譚』を読みだしたのだが、これを先に手を出した理由はなにもない。荷風の著書は多少読んではいるものの生半可な読み方ばかりしているから忘れるのも早く、改めて『綺譚』のヒロインお雪と下町風物の描写をうまいものだなとの感を深めたのだが、「作後贅言」以下はどうも構文の乱れ、失礼ながら不用とも思った。しかしそれがいざなくなった場合のことを考えれば『綺譚』の文脈を追うと中途半端なこの作品は昭和十二年「朝日新聞」に連載されたもので、軍部の跳梁がいちじるしく言論ますます不自由を加えてくるときのものだから荷風も当局の眼を意識して遠慮しがちに書いている。畢竟そこで何かが抜けている、抜かして書いている。『腕くらべ』のように愛欲描写の不足部分を補う「私家版」のようなものがあるのではなかろうかなどと考えたりした。

私家版はあるのだろうか、『綺譚』の淡々とした描写は加齢によるもののみとは考えたくない。しかし私は荷風なる大人《おとど》をあまりにも知らなすぎるし不勉強すぎるとおそまきながらの苦《にが》い反省があった。

その後数日、たまたま我が家近くの新刊書店に入りこみ、いつものように本をヒヤかしているとき『永井荷風』（磯田光一著・講談社文芸文庫）を見つけパラパラと頁を繰った。するとこれもまた偶然というのか、まっさきに私の眼にとびこんできたのは荷風が、「昭和十二年の六月」の日記に、

「余死する時、後人もし余が墓など建てむと思はゞ、この浄閑寺塋域娼妓の墓乱れ倒れたる間を選びて一片の石を建てよ」（二五八頁）

という文字だった。

心躍るような、胸のつかえがおりたような偶然の神のその御業《みわざ》に祈りたいような気持で早速購入したのだが、あの寺での三人のうちの案内役の老婆の言葉に偽りはなかったのだ。荷風はこの寺に眠りたかったのだ。

私はようやく落ち着きを取り戻し、やれやれといった気分で一頁からぼつぼつと読み始めたのだが、彼が濹東白鬚《ひげ》の木母《もっぽ》寺と梅若塚を訪れているとの記述のところで、唐突に、なにか胸をつき上げてくるように「そうだ、自分もそこへ足を運んだことがあった」と気付いた。

あれは戦後のいつのころだったか、たしか百花園を訪れたとき木母寺へ寄ったような寄らないような、あのころは戦災の余波が癒えず萩の乱れもうっとうしい程でいかにも荒廃した百花の園との感を抱いたのを覚えているが、寺と塚のことはさっぱり思い出せない。それならば是が非でもこの眼で現在の寺と塚を確かめてみようと思いたって、地下鉄とバスを利用して白鬚橋を渡ったのが二月の初めである。雨の降《お》ちそうな日であった。

木母寺の位置はそのあたり一帯の街衢《く》全体が変ってしまって寺はおろか西東の見当もつかない。高層の団地棟が幾つとなく並び立ち、ようやく「梅若門」の文字を発見し寺を訪ねると、それは今様の殺風景な石造りの構えであった。

梅若塚は寺の右側にある梅若堂、幟やら千羽鶴やが無秩序に飾られた手ぜまな銅葺き硝子張り覆堂の裏にあって径は二メートル程、中心の高さを五十センチ程に盛り上げた不整格な円型の土塚がそれである。

回りを背の低い塀で囲み、梅と公孫樹の若木が左右に、塚の真ん中には今は枯れているがススキとおぼしい茎が十本程生えていた。

戦災により寺は焼失したのだが、隣接していた梅若堂は無事に焼け残り寺と共に引っ越しし、堂宇は屋根瓦から硝子でカバーされた門部も木造の昔のまま、爆弾の破片が貫いた跡さえ柱の一隅に残っている。堂とともに塚も移り、綺麗に整備されているので荒廃した昔日感は薄らいでいる。梅若の母親が号泣したのはもちろんここではない。

それでも伝説を思い出しながら塚と堂宇に頭を下げて寺門を出た。

昔のままを求めるのは愚かである。様変りは昔も今も同じであろう。埼玉の川越にも梅若塚と称するものがあると聞いている。

帰路、疲れたのでタクシーで浅草松屋裏まで行き一杯ひっかけようと神谷電気ブランの店に寄ったら、おりからの休日でチケットを買う人が大勢行列しているので恐れをなし、別の地下の飲み屋に入って酒を飲み、梅若への供養のつもりだとこじつけながらと少々ホンノリとした。

話が随分逸れてしまったが、そんなことが重なりあってこの十一日の休日、新聞の「犯行」文に驚き、暗い思いを抱いていた時に、死せる幼女への手向けのごとく能楽「隅田川」が嫋々切々と始まった。その一週前には、やはり死せる幼児を慕う「隅田川」の「現場」を私は見に行き、そうさせたのが磯田氏の荷風評伝の一章であり、その本を手に取らせたのは「投込寺」での「この寺で荷風はここに葬られたかった」との老婆の片言であり、加えて友人からの荷風著の頂き本が介在していたということは、なにか私にはここ数ヶ月のことどものなかに一連のつながりの流れを見る不思議な思いがしてならないのである。
偶然とはなかなか奥行のある言葉だ。

なお愚草が混みあって『濹東綺譚』の内容まで触れているが、この『綺譚』にも復刻私家版はある。ただ私はそれに眼を通していないので明言できないが、そこには荷風本人の撮った玉の井での写真、原稿推敲のあとが印刷されているものらしく、公開になじまなかったであろう私家版の存在は、それがあってもよいのではないかとの、いわば春夢を与えるだけのものかもしれぬ。多分私の願っている「私家版」はないのだろう。

（一九八九・二・十五）

五色不動

五色不動尊は江戸の時代より『江戸五色不動』といって民間信仰として盛んだったらしいが、明治政府の廃仏毀釈、神仏混淆整理の方針で神社仏閣が廃されたり移転統合されたりして、その信仰も全体としては文明開化のもとに薄らいでいったことは、伊勢参り、大山詣での講の減少と共通のものがあったろう。

しかし五色不動尊の堂宇は今でも残っていることを、私は昭和三十年代発刊のある推理小説のなかで発見し、これはひとつ暇をみてひと回りしてみようかという気持ちになった。

以下はその推理小説の文面を唯一の地理案内書として、紀行文ともつかぬ足で歩いた覚書を連ねたもので味もそっけもないものだが、好奇心の強い人がいて（熱心な信仰者なら五色不動の存在はとうに知っているだろうから）、出かけてみようと思ったときの観光手引?のつもりで書いてみた。

その前に不動尊、または不動明王について知り得た範囲で披瀝させてもらうとこのようになる。

不動尊、または不動明王は大日如来の使者とされる。大日如来はインドでは毘盧遮那（ビルシャナ）と呼ばれ自分達眷属に対してのみその法門の説法をしたため世間に流布しない密教となった。その教えは中国に入り、日本の僧空海が渡海してその秘法を学び、帰国してから高野山金剛峯寺を建立して真言宗の開祖となり、弘法大師と尊称されて現在に至っている。

このように真言宗は秘密に封ぜられた法門の真実の語言の教えを立てるもので詳しくは真言陀羅尼《だらに》宗と呼ばれるらしい。

顕教、つまり一般に開かれた浄土、禅等の宗派と対照に密教と呼ばれ、例えば一念集中して地上より身体を空に浮かす法などはその修行者の修験の神秘性を物語るもので、他愛ないことと一笑に付するわけにはいかぬ。

だがそれらの秘法がまことか、まやかしかは俗物である私にとってはなんともややこしい設題であり、あまりボロの出ないうちに密教への講釈を終えることにしよう。

通解すれば密教ではその中心仏とされる大日如来は太陽に例えられ、その智慧の光明は煩悩の闇を除き慈悲の光明をすべてにさし伸ばしてくださる存在で、悪を断ち衆生教化するため、あるときは忿怒《ふんぬ》の姿を取るのが不動尊となって現れるとされる。

となると不動さんは大日如来の使者というより如来本体の半面の現出なのかもしれない。不動尊の姿は一般には紅蓮の炎を背負い、右手に剣、左手には縄を持ち、左眼は閉じ、唇をかんで怒りそのものの表情を示し、コンガラ、セイタカ二童子を従えている。この怒りの姿で具現した仏の真意はどこにあったのだろうか、ともかく変った姿を取る尊体もあるのでそれはこれからちょっと触れることになろう。

一　目黒不動

まず目黒不動、ここは有名だ。ＪＲの駅名にもなっているのだから。

この建物は五色不動五堂のうち最も壮大なもので、江戸幕府からの寄進も大分あったのだろう。朱塗りの立派なもの。寺名は滝《ろう》泉寺。

その由来は一〇〇〇年前近く慈覚大師という人が独鈷《どっこ》を地に立てたところ、そこから水が湧き出し滝となり、以来今日に至るまでその湧水は絶えないとされ、それで滝泉寺。見れば滝という程もないチョロチョロ水で岩土の間から流れ出ているだけのこと。百坪ほどの池になっている。

門を入る手前に白井権八と小紫の墓がある。不動尊体は内陣に入らないと見えないので遠くから拝見するだけ。

北一輝の碑がある。一輝は熱心な法華経の信者なのだが、なぜかここにあって処刑の命日には同志縁者が集うという。

甘諸先生こと、青木昆陽の墓が寺の裏側にある。

地図を書いておく。目蒲線（現東急目黒線）の不動前で降りるとよい。目蒲線に沿って山手通りに出る。左折して左側に注意して歩くと不動尊商店街の看板が眼に入るのでそこを左折、商店街の中途で朱塗りの建物が右に見える。それが滝泉寺だ。

ＪＲ目黒駅より雅叙園前の行人坂を下ってくるのもよいが、大分歩くことになる。

二　目青不動

目青不動は世田谷区太子堂四丁目の竹園山最勝寺教学院（天台宗）の境内にある。

最勝寺は慶長九年（一六〇四年）玄応和尚の開基になるもので、初めは紅葉山（江戸城内）に建立されたが明治四十一年（一九〇八年）にここへ移転された。

不動堂は本寺の向って右に南面する独立した堂宇で簡素なもの。ここの尊体、暗くて見

図１　目黒不動

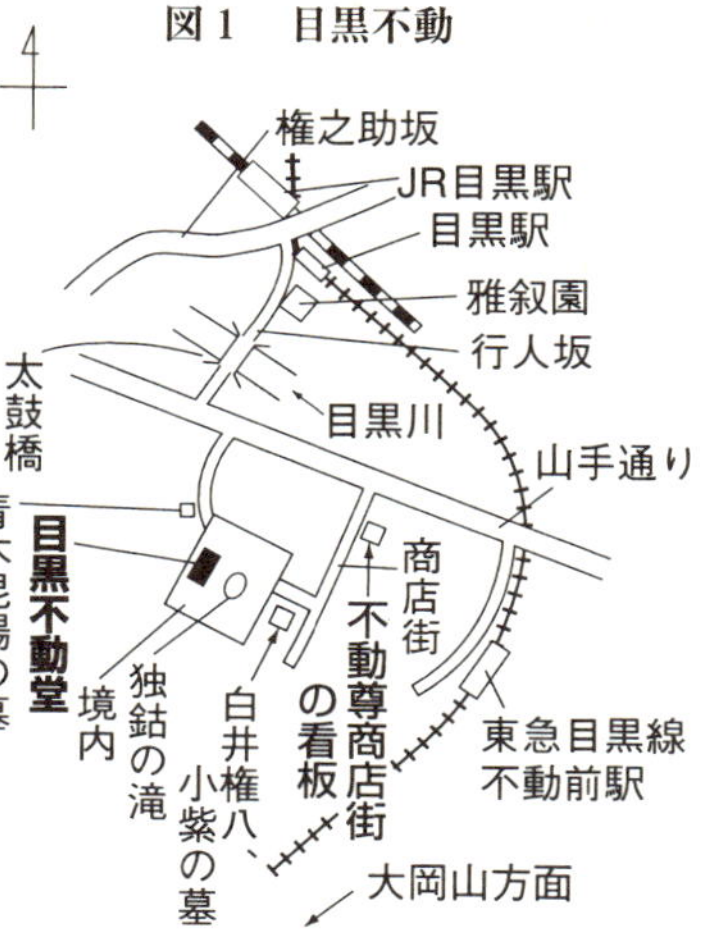

図２　目青不動

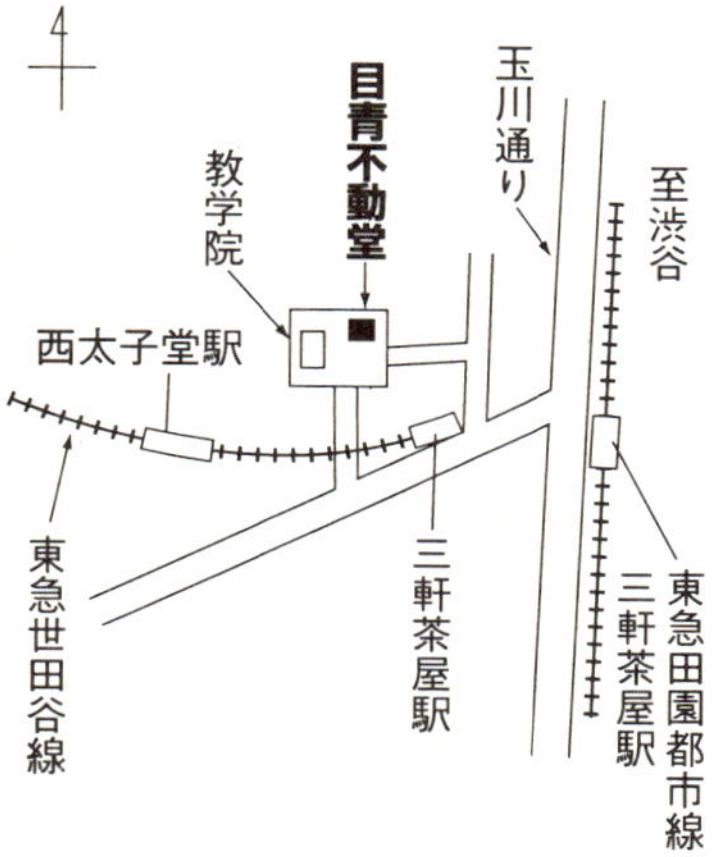

えない。堂門の右上に閻《えん》魔殿、左に元三大師と書いた扁額が懸けてある。

　堂前にチシャの木と銘する珍木があるが冬のことで枯木同様の姿だ。家へ戻って辞典を引いたがチシャの欄に説明はなかった。

　この堂は三軒茶屋駅より五〜十分程度、小説では三軒茶屋と太子堂との間だという示唆があったのでそれだけを頼りに歩いたのだが、意外に発見は早かった。不動さんのお蔭かも？（後記＝チシャの木はエゴの木とある。『樹木検索図鑑』より。珍木でもない）

三　目白不動

　真言宗神霊山金乗院の境内にある独立した堂宇が不動堂である。

　金乗院は護国寺の別院、不動堂はもと本郷

関口（椿山荘附近が関口町だから近隣だ）にあったが、戦災で炎上、戦後ここへ移転したものとある。

この尊体は自ら左手を切断して、そこより悪鬼障魔の火炎を吹き出している珍しい姿であると説明文に書いてあるのだが、ここもその尊体は見ることが出来ない。なぜ、左手が損傷なされたのか、その理由、それによる救済については不明だ。

どの尊体でも詳細に見ようと思えばしかるべき紹介者が必要だろうが、素人、数寄者にも気軽く見せていただきたいものだ。

寺の奥は墓地となっていて由比正雪と謀叛を仕組んだ丸橋忠弥の墓がある。地図にある宿坂の地名は往昔奥州街道近くの路で、むろん狐狸の出没する寂しい場所であっただろう。

四　目赤不動

推理小説では駒込動坂（不動坂が詰まった名称という）にあるかのようにもっともらしく記述してあるので、地下鉄の千代田線千駄木駅で下車、遠廻りしながら動坂を上り左右をキョロキョロと物色したが、寺はひとつあっただけで不動さんらしき寺は見えない。結局坂を上りきってしまったが分らず、シャクにさわるが交番で尋ねてようやくわかった。

不動堂は動坂になく本郷通りにあった。

図３　目白不動

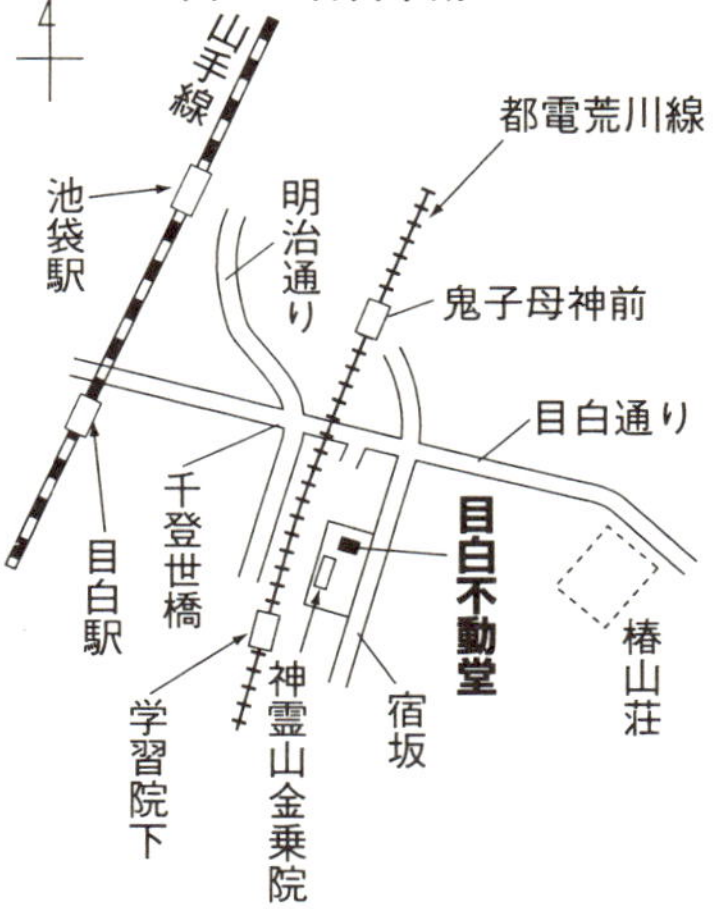

図４　目赤不動

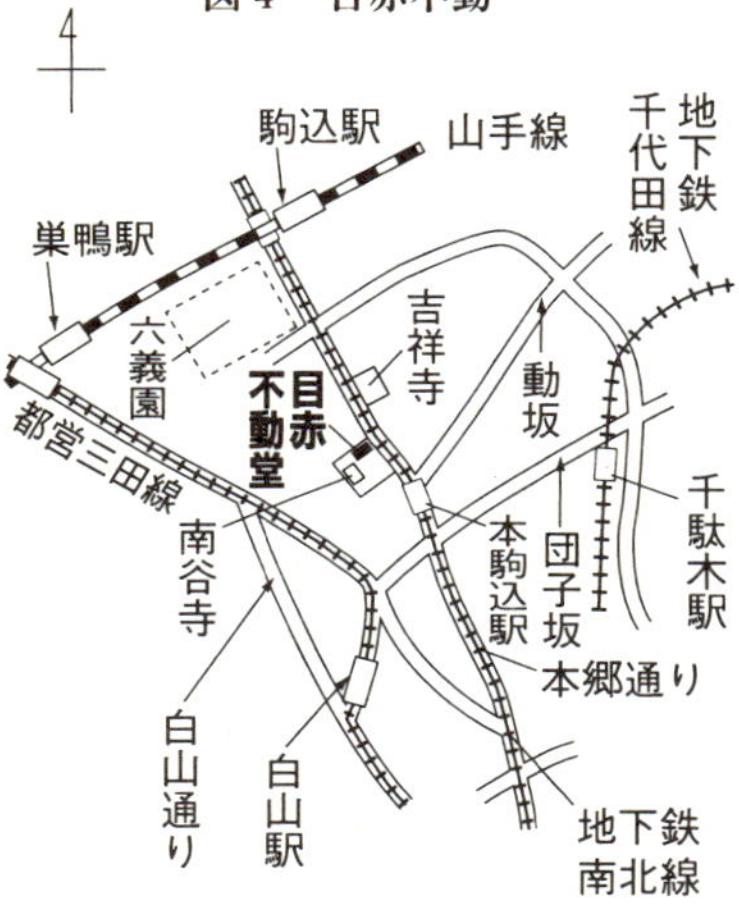

小説では「江戸名所図会によれば伊州万業和尚が諸国を回国してここ千駄木に草堂を結び寛永のころこの地に移った」と引用しているので、この堂も目青、目黒と同じく近傍より移設されたらしい。

八百屋お七と寺小姓の吉三で有名な吉祥寺の斜め前にある南谷寺と称する境内にある一堂がそれで、ここも簡素な建物だ。ちょっと見えるのでのぞいて見たが、木造と覚しき尊体は黒っぽい色彩で炎を背負っていらっしゃる。赤い色は剥げてしまったのか赤という感じはない。

ここへはＪＲ駒込駅より歩いて行くのが最も近く分りやすい。小説にだまされた感もあるが足の運動にはなった。駒込駅より十五分ぐらい。

五　目黄不動

この寺は地下鉄日比谷線で三ノ輪駅下車、三分もかからぬ至便なところにある。ここを訪ねた日は雨が降っていたが駅近くなので傘を持ってない私には助かった。

永久寺と呼ぶ寺の境内にあるが、寺も堂も今までの見学した寺中最も小さく質素なものだ。そして寺と向きを異にして隅田川、つまり東に向いている。永久寺の山号はそれを示すものがない。

尊体は堂奥に坐しておられるらしいが、ロウソク一本が仄かに附近を照らしているだけでお姿はよく見えない。

寺の入口近く案内板があって、それによると「目黄不動」は平安時代初期天台第三世慈覚大師の作と伝えられるということで、慈覚は目黒不動で独鈷を立てて泉を湛えた人だから目黒と目黄は親戚というべきか。同じと言えばこの寺も最初は江戸川区の最勝寺にあったと小説では書いてある（『東京五千年史』による）ので、ここも移動してきたものである。

なお案内板の説明文の受け売りをすれば、ここが大切なことなのだが、密教の説によれば宇宙のすべての現象は、地、水、火、風、空によってなる宇宙観があり、それを色彩で不動尊の身体または眼光をもって表現されたものだそうだが、「地」以下の諸元と五色のどの色とが結び付くものか無学の私にはよく分らない。いつか分るときがくるかも知れない。

日を置いてだが、随分歩いたものだ。無駄歩きも多かった。その方が多かっただろう。自分で御苦労様と言ってあげたい。

（一九八九・四・十五）

図5　目黄不動

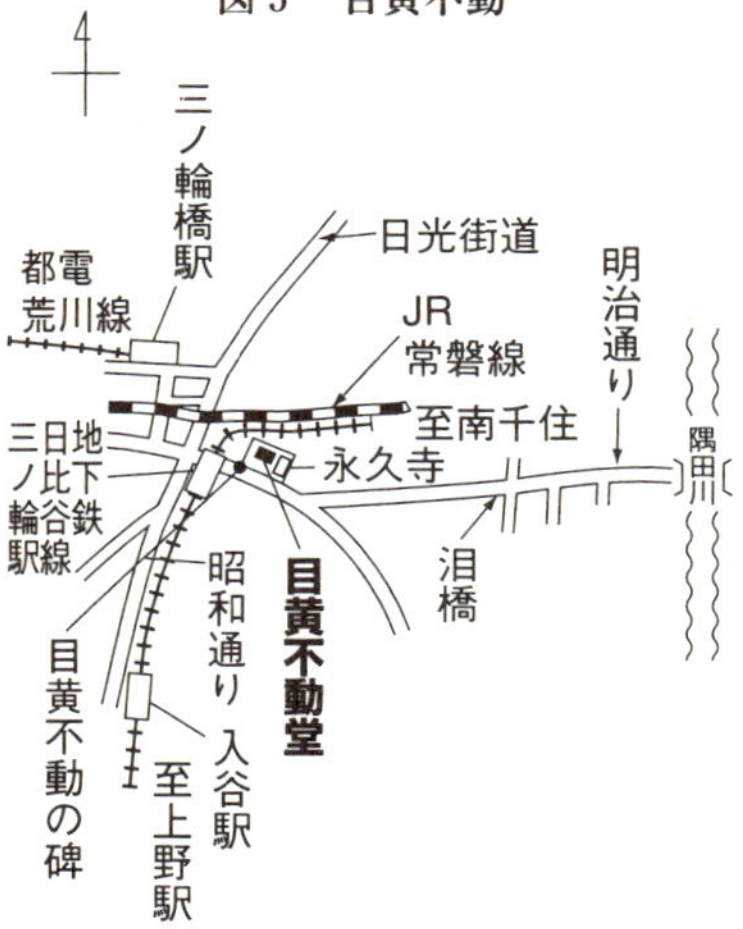

第二部

戦中戦後詩篇

【戦中篇】

あまりに模索的な

しやしん

睡れぬまゝに夜更けて
とある西洋の女優の画像を
　襖に貼りつけてみる。

黒と白と、絵はこの二つの光線で区分されながら
憂鬱さうなその美しい顔は、
　尖《と》ぎ澄ました視線を
　どこかへ向ける。

遠い外国の表情——。
近よれない異人のこゝろ——。

轆轤と人と

轆轤の軋り悲しく人は夜業《よなべ》の灯を背にして
一條のW・ireを手繰る。

廻る轆轤は輝ける亜鉛引きの半丸鋼線を背負ひ、
古い樫の木のメリー、ゴー、ラウンド。

壁に映る人の影　轆轤の影。
人は動かず轆轤は走る。

五十燭電球の黄色い輪と
遠い騒音と静寂と
そして多彩な影絵芝居を織込んで

奇妙な夜業の音楽だ。

鋼の塊《かたまり》を律気な蜘蛛のやうに
細く光る白金の絲として
両手はもう單純な機械なのだが。
皺に刻まれたその顔は涯なく流れる絲を凝め

——己のいのちを捧げ——
——めくるめき現世を忘れ——

轆轤は昔の木挽歌を唱ひ、
人は黙々とW·ireを手繰り
夜が更けると時計が鳴る。

とある感傷スナップ。

墓碑

枯葉を捲き竹藪をよぎる風のざはめきが
先刻から止まない。
秋の木立にかこまれた深い井戸のやうな
小さな墓場。
私はその隅に蹲り苔むした一基の石碑を
撫でながら冷たい石の感触を愛でてゐる。

趺坐した菩薩の像がどの碑にも刻まれ。
その眼は閉ぢ右手は片頬を支へ。
彫られた時から眠つてゐる。
据ゑられた時から眠つてゐる。
半ば崩れた古い石の墓よ。

その下に散らばる男や女の痩せた骨々よ。

私はそこに蹲りじつと耳を傾けてゐる。
蕭々たる風の響、竹葉のさやぐ声。
だが私の聴くものは、それらの歌ではなかつた。

霜朝

霜の嚴しい冬の朝。
凍てついた街の路面を横切る時
私はきつと何かを想ふ。
何だかそれは把めない。
何故だかそれも解らない。
だが凩の湧くやうに
この郷愁に似た感情は一体何だらう。
冬の朝の索寞とした寒気と
家並と電柱の行列は
私の身をたゞ竦ませるくせ
こんなに自由な心の昇天は
涙の溢れる程の嬉しさなのだ。

鉛空は重く垂れ
枯葉は醜く散らばつてゐるくせ
そこをよぎる私の心は
遠い空へ旅立つ燕のやうに若かつた。

温和な風景より

ときとして僕。　烈しい慾念に駆られ。
強い日差。　濃い影。
ギラ〱炎天の　意志を問ふ。
この朝《あした》と夕べの風景は
うらぶれの感情と。　Ｓｏｆｔな匂。
　然り。　餘りにも柔和な。
僕思ふ。　夕焼雲。　鄙びた風の。
　遠く。遠く。――
喊声と震動の波紋が。
　　埃色に空気を包むときを。
この眞晝を知らず。　朝と夕べの風景は。
暁と黄昏を七色に隈どりて。

僕。徒に。
何をせんかと　苛《あせ》る。

出発

――感傷的ナ熱弁ハモウ沢山デス。――

僕等ハ額ニ
解剖用ノ『メス』ヲ『ラムプ』ト點《トモ》シ、
人間ノ
數ダケアル生活ヲ横ニ並ベタ『ライン』カラ
ミンナノ
記憶ノ絲ヲ辿ツテ、
ドコ迄モ行クンデス。

――純粋ノ国ノ明ルサヤ
眞実ノ園ノ花壇ヲ愛スルノデス。――

デハ本当ニ
サヨウナラ。

それは一つの進歩に見える

―非詩的な詩を貴方に贈る―

それは一つの進歩に見える。――
小暗い夕闇の路地の隠し藝をやめ、
天日の明るみの大道に現れた彼等。
新智識を攝る爲の便利な本がポケットから取出され
讀むのに明るい舞台に飛上る。

歩く尋毎脂肪はぎち〳〵とせめぎ
はち切れそうな肚には計算器を呑み込んで
白いカラーは赫ら顔の首に締まる。
さうしてその手で巧妙なとんぼがへりや
逆立ちをしようと云ふ器用な人々。

（彼等はそれを、嘗ては、と過去形を使ふ。――）

時期によりけりで草色の服を纏《まと》ひ
都合の良し悪しで燕尾と澄ます。
友人の葬式に参列しては涙の出ない愁傷を述べ
すぐその足で出征の小旗を握る
それは急しい人々。
（彼等はそれを仕儀なくと問はれる先に断る。――）

彼等のメモを覗き嘲笑ふ者達よ。
君達の生活の愚らなく大事なはしくれが
メモの一行の一つの文句にさへ
大きな波紋を拡げてゐるのを知らぬ
嘲笑けり嗤ひかへすべき者達よ。
君達は最後の線で頭を下げるだらう。

鷹揚な微笑。
豪腹な計劃。
彼等は制服を着た才ある人と共に、
理念を語り実際を論じ合ふ。
天日の明るみの大道で原で多数の附属人物を従はせつつ
更に横に拡がりつつ、
彼等は行進を望んでゐる。
それは一つの進歩に見える。——

アンペラ

――そんなに突ついては痛いよ。――
私の仲間がこはい指先で編んだこのアンペラ。

――何だか甘いかほりがする。――
これは杳《はる》か海の彼方の南の島。
焦てついた太陽の下で
スク〳〵育つアンペラ藺《ゐ》のにほひだ。

そんなに突ついては痛いよ。
私の仲間が私の皮膚や神経、
裸の臓腑にちく〳〵話しかける。
それが何だかよく知つてゐる。

その刺戟は痛いよ。——
苦しいよ。——

私の嗅覚は病んだ牝犬のやうだが
甘い匂がするよ。——
そんなに突ついては痛いよ。——

考古（1）

先住の遺跡から拾はれた一枚の歯。
形、石に似て黙せる土塊の毀片《かけら》。
今は桐の小筐の綿の褥に
覚めざる睡りに耽ける一片の歯。

そこに加工された二本の條よ。
刻みこまれた原始の装飾よ。
神秘に閉ざされたシャーマニズムの高い香よ。
堅《たて》に走る古創の翳の懐しさよ。

その歯で剛い莖を噛み
その歯で鹿の炙肉を舐《しゃぶ》つた古代の吾等。

觸れゝばぽろりと碎けそうな
危い現實の天頂。

——偏舟を操り黑潮に沿つて日本群島に北上した黄褐色の種族の
一部にはそれぐ〵上歯の第一門歯の前面に二條の堅溝を彫り
つけてゐる。——

考古（2）

月にふくらんだ丘の中腹から
　おびたゞしい臓物が出てくる。

泥まみれに腐つた無機物
鏃。　剱。　手斧。　釣針。
潰れた土器の毀片《かけら》。　襞《ひだ》のある貝殻も出てくる。

無愛想な時間の食慾は
何でも呑み盡くさなくては我慢が出来ない。

小鳥の骨。　魚の骨。
それと交つて人間の大腿骨が

ずるぐ〜と吐き出されて地上に横たはつた。

月夜でその上を朴《ほう》の葉が
　ざはぐ〜と搖れた。
骨骼を撫でて風が通り過ぎた。

図

馬喰ひ。
　酒飲み。
　　歌唄ひ。
ひそかな流れの流れ。
身を恁せ心を委ねる薄明の無爲。
喜ばず　悲しまず。
泣かず　笑はず。
人々の勇ましい作り話や、
驢馬のいなゝき。
　風が吹いたり吹かなかつたり。
　雨が降つたり降らなかつたり。
知らない旣知やら。

知つてゐる未知やら。
ざらぐの白い紙の上。
見えない影を落して。
馬咲ひ。
酒飲み。
歌唄ひ。

觸手

鉄筋建築の屋上で
最後の神の指針が
白々と震へてゐる。

眞晝——。
　（天に哄笑する一つの努力）

太陽は荒涼とした
北の凍土帯に廻つた。

壁

不透明な磨硝子《すり》の向ふで
　床《ゆか》を踏む誰やらの跫音が聞える。
光の差さない幾つもの暗い廊下の一つを
ためらひ歩きながら私は何かを考へ續けてゐる。

朧な人影が私自身のやうに左右に映り
　私と共に歩いてゆく。——
私は私かも知れないその人の影をした影達に話しかける。

——私は私の在り場所を知らない。
　私が知つてゐるのは私が現在此處に立ち
あなた方と一諸に歩いてゐると云ふことだけ。

あなた方はあなた方の路を自分で選擇したのだらうか。
私も又自分で選んだその中の一人だつたのだらうか。
——あゝ私は知らない。

だが私は硝子を圍《めぐ》らしたこの廊下の中にゐる
私自身を発見した時以来、私は私の身肉に
切ない哀しさを覚えぬ訳にはゆかなくなつた。
それはずつと以前から、——原始の頃の私達から
續けられてゐたものだらうか。
そうされるうちに、それが本当であり、
そうあるのが当然なのだと信じられて来たものだらうか。——
私達はこの磨硝子の曇つた壁を連ねた
人工的で冷たい廊下を歩いてゆく。
架構の世界を獨りで歩いてゆく、
私達は何故歩くのだらう、止まつてしまへば良いのに。——
——又どうして歩かなければならぬと云ふのだらう。——

影達は黙し暗い廊下を私と誰かの
跫音だけが微かに軋る。
　人々は話しをしない。――
私は再び何かを考へ始める。
私は重たい気圧を感じてゐる。

假象の春

春の光は野山に降つて外は嘘のやうに明るい。
桜の花片が散つてゐるが風の音も聞えてこない。
ゆるやかな奇術の丘陵地帯
その向ふの──
海のやうに蒼ざめた單調色の空。

その世界とは大分離れた異《ことな》る世界で
透明な空気の重なりを通じて
剝《はく》製の椅子に寄りかゝつた一個の感覚体が
假象の風景を見渡してゐる。

どこかの涯《は》ての

涯てのない涯ての
なんにもない『無』と云ふところから
もう一つの目となつて
冷や丶かにそれを見渡してゐる。

雨

その時期の汗は膚にべたつき、
粘液質の蟲けらは板の間を匍行する。

霖雨の絲はしつつこい黐《もち》の如く、
地上に垂れ水田に溶ける。

外には赤い柘榴《ざくろ》の花や青い柿の実。
門には言葉少ない陰欝の顔が
互に探り合ふ肚底を匿して。
（帽子を目深く被り顴骨だけが突出て
見える類モンゴリア族）

例年の梅雨が欝陶しくも欝陶しく
灰色の煙霧や雲の行き交ひ。
むつとする黴臭さのなかで
封建の藁屋根を腐らす
雨――。
雨。――
雨――。

相変らず犬儒的な善良素朴さ。
喧さく騒ぐ神憑り達の
笛を吹き太鼓を叩く虚な木魂《こだま》。

草や木の葉は濡れて肥え
幾代も前から踏まれた黒土は
其處から外れようとする異端者を
手で撥き　足で搦み。

そうして一年。
そうして十年。
今も柘榴の花は赤く咲き、
柿の実は青く澁く。

【戦後篇】

みれん

——或る人に——

愛とか、怒りとかの、せっぱつまった心の深いところで形象されるものには、一図に考えつめるひたむきのいとけなさがあって、ふと気がつくと小鳥のような無心さで、道ばたの草などを黙ってちぎったり、つまんだりしているのを見つけ、そんなにまで思いつめた自分の姿のいじらしさに、かえってとまどってしまうものなのだが、もう私からあんなはるかに遠ざかって、その姿も声も、ぼんやりと煙ってしまった今頃になると、さてさまざまな会話までもが変に童話めいて、チョッと舌うちをしたくなるくらいのたよりなさに、そこで支払われたお互の損得などを計算して、思い出の一つのたしにしようとする営みを、何にたとえたらよいのだろうか。怒りとか愛とかの、燃えさかる炎の色とはことなる、この去って行ったものへの感情はまるで真昼のしずかなほむらのように、ひっそりと内側でくすぶっているのを、何がそうまでさせてしまったのか、そのおくそこに一体何があったのか、そこにこそ憎しみのたぎるものがあるのではないかと考えるのであるが、と云って、過ぎ去ったものを、どうして世の中の塩辛い水のせいにのみ潤淡と溶かし得ようか。やはりいびつな憎しみとも云うべきものを遠のいたものにむけて、算盤までも持ち出している私である。いっそこれが後悔や嘆きであったならば、この蒼白いランプも時とともに消えるであろうに、思い出のたしにしようとする私の心の営みとは、再び呼びかえすことの出来ない消費された感情へのめんめんたる呪咀であろうか。それともまたそれを計量することによって、もはや帰ってこないものへの憎しみとしながら、何時までも心の中で忘れ去らぬものとしての、一つの証《あか》しをしようとする作用でもあろうか。ある憎しみの底につきまとう卑小な亡霊。これを人間のみれんと呼ぶべきものであるのだろうか。

（一九四九・八・二八）

濡れた甲板に立って

土地の人々が「ガス」と呼んでいる北海独特の猛烈なもや
そのガスが噴霧器で吹きかけるように
あたりびっしょり濡らしている北の港のしめった夜だ

濡れた
濡れた
船もハシケも電柱も電線も
コンクリートの岸壁も死んだ魚の白い腹も
貨車も倉庫も海つばめの巣も
沖仲仕の小屋も燈台のイソギンチャクも
波も海もちりあくたも
みんな白っぽいガスに濡れて

葬式の晩のように不機嫌に沈んでいる
出船ってやつ
何故こうも奇妙に哀しいものかね

俺はこの夜　独り甲板にたたずみ
頰から水滴を滑らせて濃密なガスを
浴びていると
暗い海からちらちらと舌を鳴らして
船べりを叩くせわしない三角波は
俺の心を果しもなく　乱れた思いにひきこむのだ

ああ旅——
旅を好んだ漂泊の詩人達の
あのメランコリックな嘆きの唄よ——
俺はそれら詩人達のさすらいの旅に
虚無とおそれと愛慾と涙と

絶望にひきつったにがい嗤いを
泣き濡れたデッキの手すりの影や
角燈に写り出た黒い貨物の一隅に見るのである

あるいは向うの阜頭にぴったりと身を寄せて
燐光のようにまたたく帆船のともしびも
遠くの火事でも眺めるような
茫と空に滲んでいる淫売婦の棲む町の
一劃の明るみも
さては港のとっさきで
すさんだ牙に吠えたてる傷ついた霧笛の
低いうめきも
すべて彼等にとってはやるせない寂寥と
孤独への
灰色に閉ざされた感傷の次元であったろうに

ガスにむせた甲板に独りたたずむ俺は
さて一体そんなイメージに耽ったであろう
彼等達と
そのイメージに同じ曲線を辿《たど》っている
もう一人の彼等　この俺とを
容《ゆる》していいのか責めていいのか
それとも憐み悲しんでいいのだろうか
俺はしぶきとイルカを求めて船に乗り
俺はオーロラと虹を夢みて船に乗り
俺は雷鳴と電光を望んで船に乗ったのだが——
ああ出航間近い濡れそぼる町の
港の夜をたちこめるこの一面のガスは
俺の意志を他愛なく奪って心の芯まで
濡らす

濡らす

濡らす
みんな濡らす
信号塔も貯炭場も
貝殻のひだもふな虫のひげも
マストも鎖も揚錨機も
漂う昆布もタラバ蟹の甲羅も
人間のはらわたまでもみんな濡らす

出船ってやつ
何故こうも奇妙に哀しいものかね

（一九五〇・八・一九）

丹頂鶴

雲は翳り
エーテルは偏差して
ものの像さだかならぬ夕ぐれの天

梨子地のうすもの空にかかり
空にごむ色のぬかるみ流れ
揺らめく赤光の仄明りに
風のごと
くろき影の漂うなり

遠い北
あれは千万里の彼方から飛翔して

日本諸列島の上天の
ぬかるみに悩む
哀しき一羽の丹頂鶴

気流は湿り
まだらの赤き光もの走り
荒れはてた天のぬかるみに
悩みあえぐ
哀しき一羽の丹頂鶴

あわれ
頂きに紅の瓔珞かがよい
ぬかるみの幽暗の虚空に
風のごと啼いて漂うなり

（一九五〇・九・二〇）

火星

火星。
かつて黍畑の涯にギラリと立ち
機銃の弾道に故郷の大写しを貼りつけて
耐えがたい郷愁と絶望とへ兵士を突き落し
かつては下界のほてりに満面朱をあび
片頬にただれた焼け痕をしるして
油煙にいぶされた此の国の悲業を
またたき一つせずみつめていた星。

火星。
神経は太く一本に凝結され
感傷は微塵の影もとどめない。

乾いたお前の代赭色の眼は
烈しさを秘めて異様に輝き
やすむなく燃える表徴には
夢想も常に具体を帯びる。

火星。
おれの愛する炎の意志。
情熱する隕石よ。

怨嗟や呪咀はとるにたらず
悔恨と愚痴にはからからと笑い
六分儀と天体図とに唾を吐くお前は
野性的で　奔放で
雄々しく　かつ　捉われず
星の概念をはるかに超えた
気魄の美しさを宇宙にみなぎらす。

お前の脈膊を誰が数え得よう。
ましてや天の座標に棲まい
〝神〟のように寝そべっていられるお前ではなかろうに。

火星。
おれの思念。
おれの潜熱よ。
あの讒誣に対しては肚からの怒りを
この不正に対しては真底からの憎しみを
火と噴きあげてはいささかもたじろがず
地球の胸苦しい靄《もや》を払って
夜のにごりに篝火を焚け。

火星よ。
おれは今夜のお前を見た。

かつては軍需品を満載した鉄路のシグナルと
何やら不気味な発火信号を交したお前が
変にキナ臭い兵器工場の真上から
横文字入りの砲車の隊列を
巍然と威嚇している見事な凛々しさを。

（一九五一・一・三）

花火

しばらくはこの国の夜空を仰ごう。
上天に咲く花々のあのとどろきと火閃から
私どもの眼と耳は
忘れてならない願いを捉えて
その願いのもどかしく不思議ないらだちは
夏の夜の天をちりばめる美しさの故に
あのときの惨ましさをひとつながりの悪夢として
記憶の谷に埋めることをかえって許さない。

火華は夜空を駆けめぐり
ひときわとどろく煙硝の音。
流星　しぐれ　松葉牡丹。

趣向こらした花火のかずかずが
ひとときの粧いにいのちを隈どり
そのひとときを借りた闇の夜が
重い緞帳をちらりとめくるように
入道雲やいわし雲
富士　箱根から秩父の山塊まで
真昼のたたずまいを幻のように浮かびだすとき
それらにつらなって私どもの眼の底　または
耳朶の奥で網膜に灼きついたあのときの蒼ざめた皮膚や
鼓膜を震わせたあのときのしゃがれ声を
どうして想いださずにいられるだろうか。

生命と呼び魂と唱えたものが
次々に手足をもがれ
無理やりにひきちぎられ
ひとまとめずつ消えていったあのときの終焉《えん》に

ようやく生きのびた私どもが
互に胸をもたれかけ
互に誓いあった言葉はなんであったろう。

おお火華、そして轟音。
菊の懸崖に似て大空いっぱいに咲き乱れ
または雪崩《なだれ》に似てどっと空からくずれくるもの。
火をともした龍となっては天上をいっせいによじ昇り
またはさらさらと雲母のかけらを放って降りそそぐもの。
夏の夜空を象嵌するはなやいだ情緒に
今は昔　日本国。
キモノの裾に鉛玉を縫いこみ
鉄瓶の艶肌に南部を珍重し
佃煮の味にモロミ醤油の好悪を舌で判別し
下駄は会津の細柾目
瓢箪に酒を酌み

刺青の図柄に手練のあとを讃え
人の僺さを僺さなりに諦めて
粋とか　渋さとか　秘伝とか
技と巧《たく》みの小世界を
磨き掘りさげ　撫でまわした
私ども人民の先祖たちよ。
私どもは知っている。
花火を好んだであろうあなたがたが
夏の夜空を眺めるときのほの暗い顔に
不図はしり去ったあの寂寥と苦い笑いを——

またも火華は天をよぎる。
一尺玉　二尺玉　仕かけ花火。
オパール　真珠　蛇紋石。
はてうららかな夏の夜の
このきらびやかな贈りものは

しかし　何故か
今は私どもの想いを揺さぶり
不思議に私どもを波うたすのである。
地震と台風と木っぱの国。
結核と失業と人口過剰と云われる国。
それらが一貫して結びつかず
結びつけようとする努力を犬のように獄屋につないで恥じなかった国。
それらをつないで戦車を走らせ
それらをつないで街をあらかた灰にしたこの国。

花火の描く弧線にも似た
新版　日本地図。
ここの平面から立体を想像し
等高線にふちどられた人間の構成や
河床の岩に刻まれた歴史の法則などを
森の茂みに営まれる生活の厨からは

青空にたちゆらぐ煙のゆくえを考えることの
まだどうしてもできない多くの人々に
それぞれの人間たちが辿る運命を
ただ一人のものとしてのみこんでいる迷信から
根気よく　正面から解き放していく意志と組織が
協調を求められれば理くつは止めようと云い
顔に免じてと頼まれればではこの辺でとひき下がり
感傷的で　憐み深く
賑やか好きで　奇妙な寂しがり屋で
ものわかりのよさと人のよさをいつも逆手にひねられながら
インフレと高級自動車とが同じ手によって動かされていることを
すらすらとなんの抵抗もなく理解される国で
すらすらと理解されることが意味する屈辱さえ
とかく見失われがちな私どもの国で
涙も歎息もみんな忘れっぽくなって
夏の花火を愛するところの

その技の冴えに先祖と同じかけ声のひとつも
くれてやるところの
私ども人民　エンゲル係数六十五の人民に
どれだけ必要なことか　どれだけ大切なことか。

どかんとまた鳴る。
火閃に真昼の空が映り
流星　しぐれ　松葉牡丹。
ほおずき提燈　ビラビラの花かんざし。
ああ私ども　しばらくは夜空を仰ぎ
忘れてならない願いをあつめて
この美しさがそのゆえにもたらす不思議な
もどかしさといらだちを
じっと噛みしめこらえてみよう。

（一九五一・七・一八）

話

それは不可知の世界への誘《いざな》い
銀色雲母《きらら》の触角でしたが
あんまりアンテナが繊細にすぎ
古典的な微笑と歎息ばかり
ある夏の日の炎天に
なめくじのように消えてしまい
藍《あお》い気流や地球のしわや
人間の脈膊だけが取残されて
だんだら縞の地図の上
非情な歴史の風化作用が
それらにどんな漂白を営むのか
私よ

あたらしいコトバに潤滑油を塗れ

業《ごう》

種蒔く人の宿命は、膝から下の両足に、
絶えず泥土の重圧を感じていなければならぬことである。
ある時はおのれの生活であり、ある時は肉身とか情愛とかのつながりであり、ある時は蒔かねばならぬ土そのものの抵抗である。

黙っている白鳥

白鳥よ
ここには微風も小波もない
浮き草や葦の花はとうに枯れてしまった
こんくりいとの肌寒い池には
油の輪を泛べた水が徒に晒粉くさい

白鳥よ
ここには虹もこばると雲も映らない
角笛を鳴らす少年もやって来ない
格子に編んだ針金の隙からは
火山岩の壁に網目模様の陽が翳って暗い

黙っている白鳥よ
お前の哀しい愛の唄は
こんな場所では聴けないのか
たった一つの汚れた顔が
お前の声に耳を傾けていると云うのに

冬の雨

蕭々《しょうしょう》と雨は降る。
赤銹びのトタン屋根を叩き
冬の氷雨は訪れる。
犀利な白刃の如く
鋭敏な針の如く
人性の虚妄を突き
不義に昵じむ俗習を刺し
無慈悲きわまる慇懃さで
ものしずかに人の図を切り裂く。

あなたは方程式の水滴ではない。
あなたはまだ空中の現象でもない。

あなたはなにものかの意志。
あなたは虐《いじ》め踏みつけている
もう一個の生物の無言の復讐である。

焦土の地に
過失の瓦礫を捨て
木っ葉の家並は連なれども
我等は再び風俗を粧い
因習の泥土を壁に塗らんとする。
断ちがたき慾情かな
ひよわき人性の営みかな。

あゝ黙して峻烈なるあの雨の声を聴け。
首を垂れ
眼を閉じ
涙を流し

冬の氷雨に打たれ
骨髄を濡らそうよ。

朝礼

この白い厚い靄のなかに
夥しく集っているはれぼったいそのものら
個型でありそうでなさそうで
幽鬼の無組織な抵抗感もなく
生体の緊密な光沢感もなく
おずおずと慎しい礼儀をわきまえた
ある種類の集合でありながら
独り独りの存在が稀薄で——というよりまるでなくて
だから呼応のない全体のすべてであって
混沌《カオス》よりも更に無意味で
勝手に揺れてただ曖昧で
『挨拶』という礼儀の方法論だけがそのすべてらしく

この集合の実体は恩寵の哲学の合唱団なのか
たしか遠くには朝の虹がゆううつに引っかかってはいる筈なのに
この夥しいへんな集合は
白い靄のなかで存在の条件さえ無視して
無限にふくらんでいこうとさえしているかにみえる

（一九六七・一二・二四）

あとがき

私は一九八九年の春、四月一日、古い書き散らしたものを整理していたのだが、そのもののなかで、一九四一年〜四二年（昭和十六年〜十七年）の稚拙な詩集（?・）のうち、『それは一つの進歩に見える』という題名の詩ひとつを書けたことで満足している。

徴兵検査を済ませ兵隊へ行くことを約束させられていた二十歳から二十一歳にかけて、個性の独自性を圧殺した神がかり的愛国主義の氾濫のなかで、時代の本質を判断し得た一青年の心は老境に入った今の私にも忘れてはならないものを教えてくれる。

真実を見据えよ、それは広く柔軟な精神構造を維持することなのだと。

山内　豊

著者プロフィール
山内 豊（やまうち ゆたか）
1921年（大正10）11月　東京都品川区生まれ
戦後、ミツミ電機（株）勤務
趣味・本と酒

2000年（平成12）10月没。享年78歳

三ノ輪橋まで

2002年２月15日　初版第１刷発行

著　者　山内 豊
発行者　瓜谷 綱延
発行所　株式会社 文芸社
〒112-0004　東京都文京区後楽2-23-12
電話　03-3814-1177（代表）
03-3814-2455（営業）
振替　00190-8-728265
印刷所　株式会社平河工業社

ISBN4-8355-3285-6 C0095